Séance de l'Académie française du 28 janvier 1858

DISCOURS DE RÉCEPTION

DE M.

ÉMILE AUGIER

PARIS

MICHEL LÉVY FRÈRES, LIBRAIRES

RUE VIVIENNE, 2 BIS

—

1858

DISCOURS

PARIS. — IMPRIMERIE DE J. CLAYE

RUE SAINT-BENOIT, 7.

DISCOURS

DE M.

ÉMILE AUGIER

PRONONCÉ

A SA RÉCEPTION A L'ACADÉMIE FRANÇAISE

le 28 Janvier 1858

PARIS

MICHEL LÉVY FRÈRES, LIBRAIRES

RUE VIVIENNE, 2 BIS

—

1858

DISCOURS

M. ÉMILE AUGIER

L'Académie s'est toujours plu à montrer de temps
à autre un disciple appelé à siéger à côté de ses
maîtres. L'honneur anticipé qu'elle confère ainsi est
moins une récompense pour l'heureux élu qu'un encouragement et une promesse à ses égaux ; sa préfé-
rence oblige autant qu'elle élève, et celui sur qui
tombe la glorieuse dette se sent partagé entre la reconnaissance et l'inquiétude de ne pouvoir s'acquitter.
Si je pouvais me méprendre sur le sens de la haute
faveur dont je suis l'objet, je n'aurais pour rentrer en
moi-même qu'à regarder la place où vous me faites
asseoir. Un simple homme de lettres succède à un

homme d'État dont le rôle fut si considérable et si honoré qu'en présence de sa vie politique on est tenté d'oublier qu'il était de la grande famille des écrivains, et qu'un jour sa plume pût être prise pour celle de Chateaubriand. Quand je considère cette noble existence si diverse au dehors, si semblable au dedans, cette existence où l'honneur domina toujours les honneurs, qui sut traverser les affaires publiques sans y laisser un ennemi, et les révolutions sans rencontrer un calomniateur, je sens que le privilége de la raconter devant vous n'est pas la part la moins précieuse de l'héritage académique de mon illustre prédécesseur.

Voici dans quelle occasion j'eus pour la première fois l'honneur de voir M. de Salvandy.

En 1837, j'étais au collége Henri IV, ce collége si cher à tous ses enfants. Un jour on interrompt les classes, on nous met en rangs dans la cour : c'était le ministre de l'instruction publique qui venait installer à notre tête comme proviseur un de nos professeurs les plus aimés.

« Jeunes élèves, nous dit-il, voici trente ans qu'un enfant pauvre et studieux se présentait au vénérable fondateur du lycée Napoléon, et lui demandait l'aumône de l'éducation. M. de Wailly, frappé de cette soif d'apprendre, exauça sa prière. C'est ce même enfant qui, aujourd'hui ministre, a le bonheur de payer sa dette au père en lui donnant le fils pour successeur. »

Par quels travaux, par quels services, par quel talent l'humble boursier était devenu ministre, il ne nous le dit pas ; et qui m'eût annoncé alors que vingt ans après je serais chargé de le dire devant une pareille assemblée ?

Comment il entra au lycée, vous le savez ; voici comment il en sortit :

Au mois de mai 1813, l'écho du canon des Invalides retentit jusque dans les cours du lycée ; cette jeunesse déjà mûre pour les champs de bataille, frémit d'une curiosité belliqueuse ; Salvandy sent bouillonner dans son imagination tous les détails héroïques d'une victoire ; il en écrit le récit et le lit tout haut en plein réfectoire. Grand fut l'enthousiasme ; mais le proviseur mande à sa barre le vainqueur imaginaire : celui-ci, moins pour se soustraire à la prison que pour mettre en action ce qu'il a vu en rêve, s'échappe du collége et court s'enrôler dans les gardes d'honneur.

Quelques jours après, le 8 mai, il partait de Versailles pour travailler d'une façon plus efficace aux bulletins de la grande armée. Son avancement fut rapide. Maréchal des logis à Mayence, sous-lieutenant à Leipzig, blessé de trois coups de feu à Brienne, il fut présenté deux fois pour la croix.

Waterloo, de lugubre mémoire, brise l'épée de la
France ; elle subit les douleurs de l'invasion, l'hu-
miliation des traités de 1816 : une seule voix s'élève
au milieu des baïonnettes étrangères, mais une voix
passionnée, intrépide, éloquente, digne de parler au
nom de la patrie en deuil : c'est celle de Salvandy.
Dans son livre de *la Coalition et la France*, dans ce
livre qui est un acte de bravoure autant que de bon
sens politique, il arrache à la sainte alliance son mas-
que hypocrite, il la montre écrasant, sous une paix
hostile, cette France qu'elle feint de protéger et lui
faisant « payer les cartouches de vingt-cinq ans de
« guerre. » Il la menace des ressources inépuisables
d'un peuple « où se peuvent, en quarante jours, créer
« des armées qui, trahies par les éléments, accablées
« sous le nombre, savent contraindre encore la Vic-
« toire de rester fidèle à leurs drapeaux plus long-
« temps que la fortune. » Il appelle tous les Français
à l'union devant les futurs copartageants de la France ;
il somme les Bourbons *de tenter le salut public sous
peine d'exil, et la France de les seconder sous peine de
mort*. Ce cri patriotique eut un retentissement im-
mense. Toutes les opinions l'accueillirent avec trans-
port. Les chefs des puissances étrangères demandèrent
l'extradition de l'auteur ; Louis XVIII la refusa no-
blement, et après l'évacuation du territoire, le patrio-

tisme du jeune écrivain fut récompensé par une place
de maître des requêtes.

A dater de *la France et de la Coalition*, l'attention
publique était acquise à M. de Salvandy ; sa ligne
politique était tracée : c'était l'alliance de la monarchie et de la constitution ; il n'en dévia jamais, toujours prêt à résister aux réactions et aux entraîne-
ments de quelque côté qu'ils vinssent, toujours prêt à
combattre tout ce qui excédait son système de juste
pondération entre la royauté et la liberté. Dès l'âge
de vingt ans, il justifiait d'avance le mot que devait
dire de lui Chateaubriand : « La force de M. de Sal-
« vandy, c'est la fougue dans la modération. »

N'est-ce pas un spectacle surprenant, celui de ce
jeune homme qui, sans autre mandat que sa con-
science, intervient dans toutes les affaires de son
pays, et pour vous emprunter, Monsieur, une expres-
sion pittoresque, donne sa boule blanche ou noire sur
toutes les questions qui intéressent la France ?

En 1819, le ministère, pour se rapprocher de la
constitution anglaise, veut établir en France le système de la septennalité et changer la loi électorale de
1817 ; M. de Salvandy publie contre cette tentative
une brochure intitulée : *Les dangers de la situation.*
Elle renferme une remarquable prédiction : « La
« Charte, dit-il, est traitée aujourd'hui comme une

« simple loi ; plus tard c'est comme une ordonnance
« qu'elle pourra l'être. » En se séparant du ministère, il avait commencé par donner sa démission de
maître des requêtes, comme il donnera bientôt sa démission de conseiller d'État à l'avénement du ministère de M. de Polignac ; comme il renverra plus tard
son traitement d'ambassadeur titulaire en attaquant
le ministère du **29** octobre, à propos du traité sur le
droit de visite. Dans cette dernière circonstance sa
conduite fut caractéristique : malgré son dissentiment
avec le pouvoir, il lui resta fidèle, et les chefs de
l'opposition cherchant à l'attirer à eux, il répondit :
« qu'il payait 80,000 francs le droit de voter pour le
ministère. » De tels mots et de tels actes n'ont pas
besoin de commentaire.

Mais j'anticipe sur les événements. M. de Salvandy, après sa rupture avec le ministère de M. De-
cazes, se retira un moment de l'arène politique. Il
employa ce loisir à étudier l'Espagne et la révolution
qui venait d'y éclater. Ce voyage devait lui inspirer
un de ses ouvrages les plus étendus, le roman de
Don Alonzo. Pour bien apprécier les œuvres litté-
raires de M. de Salvandy, il faut se mettre à son
point de vue ; il l'a dit lui-même : « ce sont des
« armes et non pas des succès qu'il a demandées
« aux lettres. » Elles lui donnèrent les deux ; mais

aujourd'hui que ce livre n'a plus que son intérêt litté-
raire, on s'exposerait à ne pas être complétement
juste, si l'on jugeait son procédé de composition sans
tenir compte du but politique qu'il a voulu atteindre.
M. de Salvandy, dans *Alonzo*, se proposait surtout de
combattre les projets d'intervention armée dans les
affaires de la Péninsule; convaincu qu'on ne ferait
par là qu'y rendre la révolution plus populaire et
plus irrésistible. Il avait d'abord le projet d'écrire
l'histoire de l'Espagne, depuis l'avénement de
Charles IV jusqu'en 1820 ; mais la vogue des ro-
mans historiques de Walter Scott le décida à présenter ses idées sous cette forme plus attrayante. Il lui
sembla que l'intérêt de la fiction servirait de passe-
port aux considérations d'un ordre plus sévère et que
l'Espagne serait ainsi plus vite et mieux connue en
France.

Mais son dessein de faire passer sous les yeux du
lecteur les événements d'un quart de siècle l'obligea
à renverser la poétique du roman, telle que l'a pra-
tiquée Walter Scott. Au lieu de grouper les peintures
historiques autour de son action, il éparpille son action autour de ses peintures ; elle se fatigue à courir
de l'une à l'autre, elle s'étend démesurément, et le fil
se rompt quelquefois. L'histoire ne se mêle pas assez
au roman pour que l'esprit du lecteur passe de l'un

à l'autre sans s'apercevoir qu'il change d'objet ; et comme vous l'avez dit, Monsieur, dans cette enceinte à l'auteur lui-même : « Le contraste incessant des « choses qu'on reconnaît réelles amène à chaque « instant dans l'esprit une sorte de dissonance, « comme à l'oreille lorsque, écoutant dans l'air une « musique lointaine qui fait qu'on s'oublie, on entend « tout à coup sonner les heures qui vous rappellent « au temps et aux réalités présentes. » Quoi qu'il en soit, et la part une fois faite à cette critique générale, il reste un beau livre, d'un noble style, plein de curieuses études de mœurs, de descriptions pittoresques et de récits intéressants. Après l'avoir lu, on connaît à fond l'Espagne moderne, et le but de l'auteur est atteint. Sa publication eut un grand succès, dû à son mérite intrinsèque autant qu'aux circonstances extérieures ; mais elle n'empêcha pas la campagne de 1823, ni l'enivrement du parti ultra-royaliste et la réaction imprudente qui suivirent le triomphe de nos armes.

A partir de ce moment, M. de Salvandy combat directement l'esprit qui prévaut dans les conseils de la couronne. Les brochures se succèdent coup sur coup : *le Ministère et la France ; la Vérité sur les marchés Ouvrard ; la Loi du Sacrilége ; l'Ancien Ministère et le Nouveau Règne*, ne sont que le début de sa croisade

en faveur des principes libéraux. Une circonstance
fortuite le met en rapport avec le *Journal des Débats*.
Lors des funérailles de Louis XVIII, M. Bertin de
Vaux lui demande à Saint-Denis un récit de la fu-
nèbre solennité que M. de Chateaubriand se refusait
à faire. Le lendemain l'article parut, et tout le monde
l'attribua à l'auteur du *Génie du Christianisme*. M. de
Villèle le fit insérer dans le *Moniteur*, comme une
preuve de réconciliation. Dès lors M. de Salvandy
figure parmi les rédacteurs les plus actifs du *Journal
des Débats*, et c'est dans ses colonnes qu'il continue
une guerre terrible à M. de Villèle jusqu'au moment
où l'application de la censure aux feuilles périodiques
vient l'obliger à recommencer sa guerre de partisan.
En moins de cinq mois, il livre au ministère quatorze
assauts dans quatorze brochures incisives, véhémentes
et spirituelles tour à tour.

Mais, toujours fidèle à son double principe d'ordre
et de liberté, tandis que d'une main il battait ainsi le
pouvoir en brèche, de l'autre il montrait au pays les
dangers de la licence et de la désorganisation. C'est
là le but de son *Histoire de Jean Sobieski :* « C'est
« sans doute le malheur des nations libres, dit-il dans sa
« préface, en retour de leurs garanties, de vivre quel-
« que peu au jour le jour. Tout incessante qu'y soit là
« discussion publique des intérêts, l'imprévoyance est

« leur danger. Elles sont naturellement divisées ; elles
« sont exposées toujours à manquer de suite dans les
« desseins et à n'en mettre que dans les passions. »

Cette fois le talent de M. de Salvandy, dégagé des
difficultés presque insurmontables qu'il s'était créées
dans *Alonzo*, se montre dans toute son étendue. Autorité du style, vif sentiment du pittoresque, vues nettes
et profondes, clarté de la narration, toutes les qualités
de l'historien moderne s'y trouvent. L'histoire et la
polémique étaient les véritables vocations de M. de
Salvandy. Il le reconnaît lui-même dans une lettre
qu'il écrivait après la publication d'*Alonzo* à l'auteur
de *l'Ami des Lois*, lettre qui renferme en même temps
une curieuse appréciation de son style : « Alors même,
« dit-il, que je veux peindre des situations bour-
« geoises, j'emprunte à mon insu et malgré moi mes
« couleurs à l'épopée ; ou si je veux plier mon style à
« d'humbles sujets, il est alors tendu et contourné...
« Ce que vous appelez avec trop de raison mon affec-
« tation est malheureusement mon naturel... vos ob-
« servations m'ont convaincu de ce que mes propres
« penchants m'ont beaucoup dit, que c'est à l'étude
« de l'histoire et de la politique que je dois vouer ma
« plume. » Peut-on se juger soi-même avec plus de
sévérité et plus de grâce ? Et il ajoute : « J'ai en moi
« une horreur du faux et de l'injuste qui me sauve-

« ront toujours, je l'espère, de la partialité, et m'em-
« pêcheront de m'abandonner à l'influence de pas-
« sions ou brutales ou serviles de l'esprit de parti. »
Toute sa carrière politique est contenue en ces
lignes.

Après avoir donné à la Restauration les avertisse-
ments les plus énergiques et les plus sincères, il vit
avec douleur la révolution de Juillet. Il estimait qu'en
poussant la victoire jusqu'au renversement de la dy-
nastie légitime, la France avait perdu l'occasion
d'établir un gouvernement libre sur des bases indes-
tructibles. D'un autre côté la révolution étant un fait
accompli, tous les défenseurs de l'ordre devaient se
rallier au nouveau pouvoir. Il ne se sépara donc pas
de ses amis politiques, et, toujours logique, il réagit
contre les envahissements de la révolution, de même
qu'il venait de réagir contre ceux de la royauté.

Après 1830, grâce à l'abaissement de l'âge, il put
se présenter aux suffrages de ses concitoyens et fut
aussitôt nommé député. Appartenant désormais à la
politique pratique, il clôt et résume sa brillante carrière de publiciste par le plus remarquable de ses
écrits : *Vingt Mois, ou la Révolution et le parti révolutionnaire*. Il y a exposé le corps entier de ses doc-
trines gouvernementales. Il y établit que plus la
France était affaiblie par l'abandon du principe sur

lequel s'appuyait autrefois la royauté, plus elle devait s'attacher à tous les autres principes d'ordre, sous peine d'aboutir un jour à une révolution sociale. Ce livre eut un grand retentissement au dedans et au dehors; il contribua puissamment à la réaction salutaire qui s'opéra dans les esprits et qui affermit pour un temps la monarchie de 1830.

Je n'essaierai pas de suivre M. de Salvandy dans les travaux législatifs auxquels il prit une part si active; ce qui m'a le plus frappé dans cette période de sa vie, c'est sa modestie à s'effacer et son abnégation, vertus rares dans les assemblées politiques; mais j'ai hâte de le voir rentrer en possession de son initiative par son avénement au pouvoir.

Les grands faits de cette troisième phase de sa vie sont ses deux ministères et son ambassade à Madrid. La connaissance approfondie qu'il avait de l'Espagne devait le faire juger propre à cette mission délicate. Les circonstances étaient difficiles. Le général Espartero, régent à la place de sa souveraine exilée, s'appuyait sur l'Angleterre; un parti puissant le poussait à renverser le trône de la reine mineure pour s'y asseoir. L'envoi d'un ambassadeur français dans de pareilles circonstances était une démonstration. La situation fut tranchée tout d'abord; Espartero prétendit, contrairement à tous les usages diplomatiques,

que l'ambassadeur accrédité auprès de la reine lui
remît, à lui régent, ses lettres de créance ; M. de
Salvandy, avec sa sagacité ordinaire, sentit que cette
question d'étiquette renfermait une question de principes ; que céder sur cette formalité c'était donner
l'appui moral de la France au parti révolutionnaire,
sanctionner ses espérances, et entraîner peut-être les
autres cabinets. Après de nombreux pourparlers et
des échanges de notes où sa modération fut prise pour
de l'hésitation, tout à coup, à la grande surprise
d'Espartero et de ses conseillers, il demanda ses
passe-ports et quitta Madrid.

A son retour il fut en butte aux interpellations les
plus violentes de l'opposition. Il sut se taire et attendre
que l'événement lui donnât raison. A ses amis, inquiets
de la véhémence des attaques, il répondait : « Croyez
« bien qu'on ne tue pas si aisément un homme d'hon-
« neur sensé ! J'ai la conviction d'avoir travaillé à
« rétablir la vraie union des deux pays, l'union de la
« France conservatrice avec l'Espagne conservatrice.»

En effet, au bout de quelques mois, le duc de la
Victoire, de plus en plus isolé, tombait sans combat ;
et un ministre anglais, en plein parlement, attribuait
sa chute à l'ambassade française.

C'est là sans doute une des plus belles pages d'une
vie où il y en a tant de belles ; mais M. de Salvandy

2

rendit à son pays, comme ministre, des services encore plus immédiats.

Mon intention n'est pas de raconter les luttes parlementaires qu'eurent à soutenir les deux cabinets dont il a fait partie ; je manque de lumières et d'autorité pour juger des débats si graves, quand d'ailleurs la présence des principaux acteurs m'en rendrait l'appréciation aussi délicate qu'elle est difficile. Aussi bien, M. de Salvandy, n'étant pas ministre dirigeant, n'eut dans ces luttes qu'un rôle pour ainsi dire irresponsable. C'est dans le sein même de l'Université que s'accomplit son œuvre personnelle.

La charte de 1830 avait promis la liberté de l'enseignement. Lorsque M. de Salvandy arriva au ministère, la réalisation de cette promesse, réclamée à la fois par l'opposition libérale et par le clergé, paraissait de plus en plus inévitable. La pensée du nouveau ministre fut de mettre l'Université en état de soutenir une concurrence qu'il fallait regarder comme prochaine, et de maintenir du moins la supériorité de l'enseignement de l'État.

Les pouvoirs universitaires réorganisés, la condition des membres du corps enseignant notablement améliorée, de nouvelles facultés fondées de toutes parts, les études fortifiées et rendues plus pratiques dans les colléges, telles furent les mesures tutélaires

par lesquelles il préluda aux luttes que devait bientôt
livrer l'Université.

Mais là ne s'arrêta pas la dévorante activité de son
esprit : les sciences et les lettres eurent une large
part dans sa sollicitude. Le Muséum d'histoire natu-
relle, la Bibliothèque royale, l'École des chartes res-
sentirent tour à tour les bienfaits intelligents de son
administration ; enfin, soucieux des lettres autant que
Louis XIV l'avait été des arts, il envoya une jeunesse
studieuse demander les secrets de la langue d'Homère
aux échos du Parthénon.

Aussi sa mémoire n'est-elle pas restée moins chère
aux gens de lettres qu'à l'Université elle-même. Ces
cœurs inquiets dont l'ombrageuse reconnaissance ne
s'obtient pas seulement par des services, gardent un
fidèle souvenir à M. de Salvandy parce qu'ils savent
que M. de Salvandy les a véritablement aimés. Qui
les encouragea et les honora jamais avec plus de
bienveillance et de délicatesse?... Je ne veux pas
parler des malheurs qu'il a secourus ; sa main gauche
ignorait ce que donnait sa main droite, et la main
droite savait si bien déguiser ses dons ! Tantôt, les
fonds du ministère étant épuisés, c'est une pension
qu'il sert de sa bourse en laissant croire au pension-
naire qu'il n'en est redevable qu'à l'État ; tantôt c'est
un écrivain pauvre et fier qui renvoie une gratifica-

tion qu'il n'a pas demandée, et à qui le ministre répond : « Vous vous êtes trompé, Monsieur, c'est un « prêt d'homme de lettres à homme de lettres. »

Et cependant M. de Salvandy n'était pas riche ; au faîte de ses grandeurs il écrivait dans le journal de sa vie : « Ma situation a changé plus que ma fortune ; « ce contraste est une gêne perpétuelle qui, réunis- « sant les inconvénients des deux états, au fond de « l'âme me fait regretter mes honneurs plus que ma « pauvreté. »

Au 24 février il se retira à Jersey, où il resta un an. La patrie absente l'accablait de tristesse. Était-ce un pressentiment qui lui inspirait dans *Alonzo* ce touchant et gracieux épisode de la mort d'une hirondelle? Sa plume vint en aide à sa mélancolie : *les Quatre Solitudes* sont l'œuvre de son exil.

Rentré en France, il se retira à la campagne, résolu à rester étranger aux affaires. Il ne quittait guère sa résidence de Graveron que pour se rendre aux séances de l'Académie. C'est là qu'il jeta son dernier éclat. Le reste du temps, tout entier à une famille qu'il adorait, abrité par le bonheur domestique contre les désenchantements de la vie publique, il méditait ces belles paroles qu'il avait prononcées jadis aux funérailles de Fonfrède :

« C'est la consolation et l'encouragement des exis-

« tences vouées au combat, de savoir qu'il suffit de ce
« simple et brusque accident de la mort pour que
« les dissentiments se taisent tout à coup, et qu'on
« entende unanimement retentir sur le tombeau les
« seuls titres dignes d'envie : ceux de bon citoyen et
« d'homme de cœur. On dit que c'est là une justice
« tardive : non ! elle vient à son heure. La vertu se-
« rait trop facile si de son vivant elle était saluée de
« son nom ! »

La mort le visita avant le terme, mais elle le
trouva prêt. Les cruelles souffrances qui l'emportè-
rent ne purent altérer la fermeté de son caractère ;
il employa ses derniers moments à consoler ceux
qui le perdaient, et, après ce suprême effort de cou-
rage, il rendit à Dieu une âme sans peur et sans
reproche.

Ainsi a-t-il vécu, ainsi est-il mort, laissant derrière
lui, comme un sillage, le respect public et l'affection
de tous ceux qui l'ont approché. Mais où sera-t-il plus
regretté que dans cette enceinte ? où a-t-il été mieux
connu ? Il aimait vos réunions et vos travaux ; il y
prenait une part assidue. Les échos de cette salle n'ont
pas oublié les accents de sa voix éloquente, soit qu'il
fût chargé de donner la bienvenue solennelle à un
nouveau confrère, soit qu'il racontât à l'auditoire ému
les actes de vertu que vous couronnez tous les ans ;

et quelle main plus digne que la sienne de distribuer ces nobles couronnes?

Il aimait, dis-je, et il honorait l'Académie, non-seulement comme le sanctuaire des lettres, mais encore comme un des faits sociaux les plus importants, pourquoi ne dirai-je pas comme une des plus grandes institutions de la France moderne? Si je ne le dis pas aujourd'hui, quand pourrai-je le dire? N'est-ce pas la dernière fois que j'ai le droit de ne pas être modeste en parlant de l'Académie? Et d'ailleurs le mot n'est pas trop ambitieux. Que voyons-nous en effet autour de nous depuis trente ans? Une société toute neuve, sans passé, sans traditions, sans croyances, et même sans préjugés; un pays d'égalité où la richesse est devenue le but de toutes les ambitions, depuis qu'elle est devenue la seule inégalité possible; en un mot, un peuple semblable à ces nations récentes que l'industrie, la magicienne du XIXe siècle, semble avoir frappées avec la baguette de Circé. Comment se peut-il donc que la France soit toujours la tête et le cœur du monde? Ah! Messieurs, disons-le à la gloire de votre fondateur, c'est qu'au milieu des agitations fiévreuses de la cupidité, elle entretient le travail pur et serein de la pensée; c'est que les lettres, les sciences et les arts mêlent leurs émanations subtiles aux épaisses exhalaisons de la cité industrielle; c'est enfin que si la France a le palais de la Bourse, elle a aussi le palais de l'Institut.

Votre histoire, Messieurs, est l'histoire même de l'aristocratie de l'intelligence.

Cette aristocratie, qui ne peut pas périr parce qu'elle n'est pas héréditaire, date en France de votre établissement. Ce n'était pas un bureau de bel esprit que fondait le cardinal de Richelieu; ce n'était pas une assemblée de prud'hommes de lettres occupés autour d'un dictionnaire; c'était un quatrième ordre dans l'État, un ordre en dehors de toute hiérarchie, un ordre fondé sur deux principes puissants, l'égalité et l'élection.

Si les premiers académiciens n'ont pas mesuré toute la portée de leur établissement, les politiques d'alors ne s'y sont pas trompés, témoin le Parlement qui refuse pendant deux ans et demi de vérifier les lettres patentes, et dont l'obstination ne cède qu'à des lettres de cachet. Eût-il opposé tant de résistance à la création d'une simple officine de grammaire? Non! Ces gardiens de la vieille société pressentaient, avec l'instinct de la conservation, comme votre fondateur avec celui du génie, à quelle haute fortune, à quel triomphe universel arriveraient un jour les principes nouveaux confiés aux mains les plus propres à les propager.

Les résultats ne se font pas attendre. L'Académie

à peine établie, la tribu des lettrés, jusque-là éparse, inconsistante et réduite à s'abriter sous la protection des grands seigneurs, devient la république des lettres ; bientôt elle voit ses protecteurs de la veille solliciter l'honneur d'inscrire leurs noms sur son livre d'or ; bientôt le roi l'installe dans son palais ; bientôt ses progrès inquiètent et irritent les ordres privilégiés ; ils veulent détruire l'égalité dans ses rangs ; l'Académie résiste et obtient de Louis XIV une nouvelle, une éclatante consécration de ses droits. C'est un jour notable dans vos annales, Messieurs, celui où, un académicien du sang royal voulant établir parmi vous la hiérarchie des siéges, le grand roi trancha le différend en vous envoyant quarante fauteuils. Cette dérogation aux lois de l'étiquette était si extraordinaire, et le public en fut si frappé, que le fauteuil est resté le symbole de la dignité académique.

A partir de ce jour, le progrès de la république des lettres ne rencontre plus d'obstacles : Louis XIV meurt, et s'il a son petit-fils pour successeur au trône de France, pour successeur au trône du siècle, il a un simple écrivain, un roi, celui-là, dont le testament n'a pas été cassé ! Nous sommes tous ses héritiers, ingrats ou non ; de quelque façon qu'on juge son œuvre, Voltaire est aujourd'hui un fait accompli sur lequel on chercherait en vain à revenir. « Ce qu'il a

détruit tombait sous la main du temps ; ce qu'il a
fondé est immortel ! » Ce n'est pas moi qui parle,
c'est M. de Salvandy, et je suis heureux d'abriter
ma propre opinion sous l'autorité de la sienne.

Ce qu'il a détruit, ce qu'il a fondé ! Est-il vrai que
la littérature ait une telle puissance ? Quand c'est un
homme d'État qui la lui reconnaît, ce n'est certes pas
à un homme de lettres de la lui contester.

D'ailleurs, sans entrer dans les raisonnements, les
faits sont là pour prouver l'influence toujours crois-
sante des écrivains en France. Dès le premier tiers
de ce siècle ils exerçaient un pouvoir si réel, que le
pouvoir officiel arriva tout naturellement entre leurs
mains. On compterait depuis 1830 les ministres qui
n'ont pas commencé par appartenir aux lettres et qui
n'ont pas siégé dans cette enceinte. Cette dernière
phase de votre histoire, Messieurs, fut le triomphe
définitif, l'installation légale de l'aristocratie de l'intelligence. C'est pendant cette période qu'a véritablement existé l'alliance de la politique et de la littérature, cette alliance que M. de Salvandy développait
si brillamment devant vous, voici vingt ans, à la place
même d'où je parle.

Appartenant également aux deux familles, il n'avait
pas d'intérêt à examiner si l'alliance est bien égale
des deux côtés. Oserai-je le faire, moi, simple homme

de lettres, et ne serai-je pas suspect de partialité si je dis que dans cette union tout l'honneur est pour la politique? Cette opinion est délicate à soutenir devant vous, Messieurs, qui comptez dans vos rangs, et avec un juste orgueil, tant d'hommes d'État éminents; mais, ce qui me rassure, c'est que ces hommes d'État sont en même temps des écrivains de premier ordre, et que je leur rends d'une main ce que je voudrais leur enlever de l'autre. Ils sont désintéressés dans les questions de préséance qu'on peut élever entre leurs deux gloires : il s'agit seulement pour eux de savoir de quel côté ils sont le plus grands. Qu'ils me permettent donc de le dire : si belle que soit l'œuvre de l'homme d'État, elle ne lui appartient pas en propre ; continuée par ses successeurs, incessamment modifiée et renouvelée, elle lui échappe d'âge en âge, elle se sépare de lui et finit par laisser son nom tout seul dans la mémoire des peuples, devenant elle-même anonyme comme les fleuves dans la mer. Il est probable qu'il est venu jusqu'à nous quelque chose des bienfaits de Lycurgue et de Solon ; mais qui saurait définir ce qui leur appartient dans notre société ?

L'œuvre de l'écrivain, au contraire, est à lui seul ; parfaite ou non, elle ne sera ni continuée ni corrigée ; si elle est digne de durer, elle durera telle qu'il l'a créée, et elle escortera son nom d'une réalité jusqu'à la fin des siècles. Nous savons tous ce que nous devons à Platon !

En outre, un bon livre porte toujours ses fruits, tandis qu'une bonne institution voit souvent avorter les siens. Il a de tout temps été difficile d'être le bienfaiteur des peuples trop spirituels, depuis les Athéniens jusqu'à nous ; car ils ont dans l'esprit un besoin de fronder, de contredire et d'interpréter à mal, qui, s'appliquant à toutes choses, n'est une force de résistance suffisante que contre le bien, parce que le bien ne peut pas se faire sans le concours de tous. Pour ne chercher mes exemples ni trop loin ni trop près, n'avons-nous pas vu le gouvernement le plus paternel dont eût joui la France jusqu'alors, en butte pendant dix-huit ans aux calomnies, aux résistances, aux attaques les plus envenimées ? L'habileté consommée d'un roi juste, cette phalange de jeunes princes élevés parmi nous, éprouvés au service de la France, tant d'éloquence et de patriotisme, rien ne trouva grâce devant notre esprit de dénigrement, rien ne put résister à notre dissolvante ingratitude !

Ah ! Messieurs, devant de pareils spectacles que la science de gouverner les hommes semble vaine ! Qu'ils doivent en être désenchantés les écrivains qui l'ont préférée un instant à leur première, à leur plus solide

gloire ! Avec quel soulagement ils ont dû remonter
du pouvoir aux lettres ! avec quel apaisement d'esprit
ils ont dû se réfugier dans ce port où les orages
n'entrent pas, dans cette Académie sereine qui laisse
tourbillonner la politique au-dessous d'elle, et dont
la fonction paisible n'a rien à démêler avec les petites
passions et les petits intérêts du moment !

« Vous avez un passé, vous disait M. de Salvandy
dans son discours de réception, vous avez un passé
quand les institutions de votre pays n'en ont pas. »
Le secret de votre perpétuité, dans cette France où
rien ne se perpétue, n'est-il pas dans votre isolement
des choses passagères? L'Académie n'est entraînée
dans aucune chute, parce qu'elle n'est mêlée à rien
de ce qui tombe. La ruine seule de la civilisation
pourrait entraîner sa ruine, car la civilisation est la
seule œuvre qui s'élabore ici. Heureux et glorieux les
corps qui n'ont rien à redouter que de la barbarie !
Nous ne sommes plus aux temps où le Nord vomissait
ses hordes sauvages sur l'empire romain ; l'Europe
entière marche dans les voies que la France a ou-
vertes, et nous sommes séparés de la barbarie par
un tel intervalle de siècles et de mers que nous ne
pouvons plus y croire... Hélas ! ce n'est plus du nord
qu'elle vient. C'est sous nos pieds qu'elle se lève,
c'est du ruisseau qu'elle sort ! Nous l'oublions trop :

la France n'a pas la mémoire du danger. Dix ans à peine écoulés, nous ne nous souvenions déjà plus de ces peuplades féroces que nous avions vues éclore au soleil de juin comme une venimeuse fécondité de la boue ! Révolte inouïe de la populace contre le peuple ! Nous les croyions à jamais rentrées sous terre, quand tout à coup elles se rappellent à notre exécration par un attentat monstrueux contre la paix du monde attaquée dans sa personnification la plus ferme et la plus tutélaire ! De quelque pays qu'ils soient, ces bandits sont tous de la même race : ce sont ces niveleurs en délire qu'il était réservé à notre temps de voir déclarer la guerre non-seulement aux supériorités sociales, mais encore aux supériorités intellectuelles, et dont les apôtres, au nom des droits de l'homme, ont prêché, à la face du xix⁰ siècle l'égalité de la servitude, de la misère et de l'abrutissement !

S'ils triomphaient, l'aristocratie de l'intelligence servirait d'hécatombe à leur triomphe. Votre histoire, Messieurs, finirait, et celle de l'humanité aurait à recommencer.

Ce qu'à Dieu ne plaise !

FIN.

PARIS. — IMPRIMERIE DE J. CLAYE, RUE SAINT-BENOIT, 7.

CHEZ LES MÊMES ÉDITEURS

ŒUVRES COMPLÈTES D'ÉMILE AUGIER

Format grand in-18, belle édition

CHAQUE PIÈCE SE VEND SÉPARÉMENT

GABRIELLE, comédie en 5 actes, en vers.	2 fr. » c.
LA CIGUE, comédie en 2 actes, en vers.	1 50
L'AVENTURIÈRE, comédie en 5 actes, en vers.	1 50
L'HOMME DE BIEN, comédie en 3 actes, en vers . . .	1 50
L'HABIT VERT, proverbe en 1 acte, en prose.	1 »
LA CHASSE AU ROMAN, comédie en 3 actes, en prose.	1 50
SAPHO, opéra en 3 actes.	1 »
DIANE, drame en 5 actes, en vers.	2 »
LES MÉPRISES DE L'AMOUR, comédie en 5 actes, en vers.	1 50
PHILIBERTE, comédie en 3 actes, en vers.	1 50
LA PIERRE DE TOUCHE, comédie en 5 actes, en prose.	2 »
LE GENDRE DE M. POIRIER, comédie en 4 actes, en prose.	2 »
CEINTURE DORÉE, comédie en 3 actes, en prose. . . .	1 50
LE MARIAGE D'OLYMPE, comédie en 3 actes, en prose.	1 50
LA JEUNESSE, comédie en 5 actes, en vers.	2 »

POÉSIES COMPLÈTES, 1 volume.	1 »

THÉATRE COMPLET
SIX VOLUMES IN-32 : 6 FRANCS

PARIS. — IMPRIMERIE DE J. CLAYE, RUE SAINT-BENOIT, 7.

www.ingramcontent.com/pod-product-compliance
Lightning Source LLC
Chambersburg PA
CBHW060903180626
46818CB00004B/1827